まんがで学ぶ
そして輝く人生の

はじまり

やわらかい心で。

朝になった

今日は何かひとつ、
初めてのことをしてみよう。

きらり

もうすこししたら　なにかがわかりそう

春の白い空

もうすぐやってくる春をたのしみに、
今日はほんわかとすごそう。

川の流れ

すぎていく
今も
今も
この川の水はもう　さっきの水とは違う

呼び名

はじまりがあって　途中があって
終わりがある
その呼び名を変えてみると
見えてくるものがある

はじまりを　ある終わりと
終わりをはじまりと
途中を終わりやはじまりと　言いかえてみると

深呼吸を

思い出すたびに　深呼吸を6回

時々ふたりは

時々ふたりは透明な
美しい夕方のようなものになる

目標

まっすぐ前　そして遠くにあるもの

未知のこと

威厳を保ったままで　未知のことにも挑戦

意外なところで

意外なところであなたが笑ったから
私はいろいろ考えちゃった

今

いつかじゃなく　今　やさしくしよう

整理整頓

まずできるところから整理整頓して
スッキリさせたい

青空のお告げ

なんにも後悔しなくてよろしい
物事は万事
なるようにしかならない

楽しんでやりましょう

どうやって
それを楽しくできるか考えてみましょう

朝

今日も朝がきた
いつも朝は
旅立つような気持ちになる

ああ、春です。

もうすこしだけ時間をください。

楽になる方法

事実を事実として受け入れる

花びら

チラチラと　足もとに　降ってきたことば

うれしそうだけど

なんかいいことしようとしてんの？
それともなにかたくらんでる？

麗しき日々

麗しき日々はどこにある
麗しき日々は記憶の中に
あざやかに

足音と足あと

こうやって生きているという足音
こうやって生きてきたという足あと

なつかしきふるさと

空という海の奥
空の奥深く　遠く
なつかしい場所がある

ひかりのつぶ

白や黄緑のひかりのつぶが
木からあふれ　こぼれる

夢のようだよ

夢のように見えていた
けれどもどれも夢じゃなかった

文句を言う前に

文句を言う前に　立ち止まって考えよう

それは本当に悪いことか

こまったなあ

こまったなあって思ったけど
別にこまらなくてもいいか

求めているものが

求めているものがひとつなら
迷いもしないが

タイミング

そのことを言うにしても
タイミングをみないとね

灰色のとどろき

車の走る音
雷みたいなとどろき
春にも　もう慣れたよ

今までにない
最高にすごいもの見つけたって言う君
それ　またいつものあれじゃないの？

春のおやつ

ドーナツ

カラフルな砂糖がまぶされて

新緑

遠くから呼ぶ声
心を　ゆらす声

星

どうしようかなって思ってることを
言った方がいいのか
言わない方がいいのか

それがわかるまで
もうすこし待ってみよう

礼儀正しく丁寧に

礼儀正しく
丁寧に
背筋をのばし　夢を見る

人々の言うこと

ざわざわとまわりから聞こえるけど
それ　気にしなくていいよ

スケッチ

気分を空に
青い空に

5月の灯り

目の前に飛び込んできた
薔薇の花
チカリ　輝く　この感じ
去年の5月ぶり

日々のしるし

この地面のてんてんも
この日々のしるし

やわらかく

明日くる
うす青く
後をつけてきた

ふんわり

羽衣に包まれたみたいに
空を飛んだ

人の心にわきあがるもの

ゆれ動いたり
透明になったり
暗く沈んだり

絶え間なく人の心にわきあがる感情というもの

うすれゆく記憶

あの強かった思いが
もうなくなってしまった
記憶もうすれてしまった

でも心の中のどこかにはあって
支えになってる　とも思う

物事を見つめる絶対的な視点

私のそれがあなたと重なる時
交わる時
離れる時
ひき合う時

風の道　花の道

夢を見たときみたいに
思い出せない
気持ちがユラユラしてた

君が去って行った頃
あの頃の僕はどんなに未熟だったろう

見えない地図

この世を覆う見えない地図

人

笑ってるから
光ってる

愛の日々

やさしい気配に包まれ
違う自分が目を覚ます
コーヒーのいい匂い
素直な自分に驚くよ

向かう時

決意がなだれ込む
何かに向かう時

今日の中の

今日の中の　よかったことを覚えておこう

待つことをやめよう

待っていたものは
　もうここにあったと思うことにしよう

夕方になる

もうすぐ夕方になる
という時間が好き

今に生きる

今　目の前にあることに
自分をつなげる

考えながら

考えながら歩いた
本を読んで
いろいろ考えて

ある人のことを思い出し
また他のことも思い

思いながら歩いた

ひらめき

強くひらめいたことがあるのだけど
この勘が正しいかどうかわからない

それに「正しい」とは何かということも

向き合うこと

そのことと向き合うことは怖いけど
いつかやらなきゃいけないんだ

小さな私

雨
静かな雨
紫陽花の下のかたつむり
それを見ている小さな私

ボタン

どこからボタンをかけちがえたか
その最初をつきとめて
そこに戻って
そこから始めよう

あの頃　あの時

知らないあいだに
過ぎてしまったたくさんの時間
でもこれからの時間はまだ全部ある

関係

想像を超えた速さで
壊れていってしまったわ

自由は自由

自由は自由
不自由を選ぶことも自由

いいなと思ったり

いいなと思ったり
嫌いと思ったり
気持はゆれるものなんだなあ

よし、これでいきましょう

そうしましょう
これでいきましょう
そう決めたら
もうあれこれ考えず
パッと立ち上がって
行きましょう

ひとつの世界

明らかにその人が持っていた
ひとつの世界

時々その世界の中に入っていた
ここにいるのにその中に

孤独の味わい

風吹きぬけるすずしい草原に
甘い星の光
孤独の味わいは美しく

強い心

空に 1 本の線が飛んでいく
それは私の強い心

ポロポロポロン

ポロポロポロンと
薔薇の実がゆれる
あっちを向いて
こっちを向いて
思い思いのことを思って

私はどこから来たのだろう

私はどこから来たのだろう
私は何をするのだろう
私は何をしたいのだろう
私はいったい何なのだろう

木陰の憂鬱

沈んだ気持ちのまま
木陰で思い出し笑い
憂鬱がユラユラゆれた

街の中の舟

街の中にいるのに
舟にゆられているみたい

待つ必要がどこにある
待つ必要はないでしょう

ものすごくゆれている人

ゆれている心で
人をつかもうとする
価値観が違うということを
わからせなくては

この光りの向こう側

この光りの向こう側に
飛び出してみようかな

夏が来る

　この空を破って　夏が来る

引き寄せる力

何かに感動するのはなぜだろう
人によって
感動するものは違う

感動は引き寄せる力
引き寄せられるということは
正しいことの証しだろうか
不安定だからひっぱられるのか　わからない

なにもかもが彼方へ

忘れないと言ったのに
大好きだったのに
なにもかもが遠くへ行くのね

青い星

静かな夜の青い星
憧れの正体をみやぶった

この夜の先

この夜の先にあるものは

いつになったら私は

いつになったら私は
こんなことを笑い飛ばせるほど
強くなれるのだろう

どういうことかな

どういうことかな
それって
誰に関係すること？

未来は

空へと続く　まっすぐな道

もう一方の出口

もう一方の出口があるとしたら

手をとって

手をとって
歩きたい
できないからそう思う

次の扉

それは遠くて　近くにある

欲望は限りなく

欲望は限りなく
欲望をそそるものも限りない
欲望をそそるものの目的を見ぬけ

夕方の集会

鳥たちが左の方に向かって
楽しく急いでるみたいな夕方の雲
夕方の集会

夏の模様

夏があちらこちらに模様を描いていく

秘密の話

この森を背に
秘密の話を交わしましょう

空に

青い空に白い雲で「く」って

ある日ある時

ある日ある時
私がそこにいたという意味

想像で

想像で
この町に住み
想像で
自分を変える

会いたかったから

会いたかったから誘った

のろのろと

のろのろとでも前に進む
すると景色ものろのろ変わる
変わるんだからいいんだよ
心配しなくていいんだよ

私も旅をしていたわ

あなたも旅をしてきたの
私も旅をしていたわ
ずっとずっとこの町で

得意技

大きく大きく夢を見て
すみやかにしぼませる
私の得意技

また会おう!

また会おう!
また明日!
また来年!
またいつか!
またすぐに!

そうだったの…

そう。
そうだったの…、
そんなに嫌だったの。
笑っちゃうわね。なんだか。

9月の心

9月には
9月の心で新しく

しばらく会わないあいだに

しばらく会わないあいだに
そんなになっちゃってたんだね

どうしようか僕ら

人生を立て直したいと望むなら

一生懸命に取り組むべきことは
取り越し苦労をやめること
やめる強さを養うこと

あらがっていることに気づいた時

何かにあらがっていることに気づいた時
抵抗していることに気づいた時は
そこから離れる時期なのだ

ずいぶん

ずいぶん…

のあと、
君はなにを言おうとしたのだろう

ひとつだけ　ひとつずつ

目の前のことをやる
ひとつだけやる
ひとつずつやる

それが　先に進ませる

ささやかなお祝い

あなたにささやかなお祝い
あなただけがわかってるその変化に

忍ぶ恋

忍ぶ恋が存在する理由がわかれば
スッキリするのに

風が飛ばした

風が飛ばした

涙を

旅立とうとする心

旅立とうとする心を
かろうじて
つなぎとめた

夜のひまわり

夜の街を散歩していたら
夜が壊れていく音を聞いた

何を待っているのだろう
何のためにこんなにずっと
待機しているのだろう

街と森

街を歩く
街と歩く

森を歩く
森と歩く

違って当然

逆に
同じだったら変でしょう

波の模様

こっちへいらっしゃいと
波が誘う

行ってきます

　しばらく旅行に　行ってくるね

ただいま

帰ってきたら雨でした
寒くて懐かしい雨
懐かしいこの国

きょうの月

夕方の買い物から帰って
外を見たら
きょうの月
憧れや羨ましさに疲れて
すこし悲しい気持ちで見たら

黒い湖

ポツポツと光る街の明かりはまるで
黒い湖にうつる夜の星

星降る中で今も
思いあぐねています

扉

扉をひとつくぐると
目の前に壁がある
その壁をよく見ていると
扉が現れる
いくつもの壁をぬけて
何度も目を凝らし
どこまでもどこまでも
奥へと進む

風の階段

風の通り道にも階段がある
私たちは夢中になって荒野を駆けぬけた
素晴らしい思い出だった
そんな思い出なんて
どんな思い出も
どんな素敵な思い出も
思い出なんて　なくて充分
思い出なんてただの思い出

さまよう思い

いつもの道をあるいても
さまよう思い

秋が魔法の杖をふった

後悔

後悔することがあり
そのことを考えていた
あとからあとから降ってくる
雪のように　落ち葉のように

それをどう受け止めるか
どう捉えなおせるか考えよう
考えられる限りまで

私たちの言葉は

私たちの言葉は
だれに聞こえているのだろうか

聞こえない人には聞こえない
聞こえる人だけが振り返る
声よ　とどけ

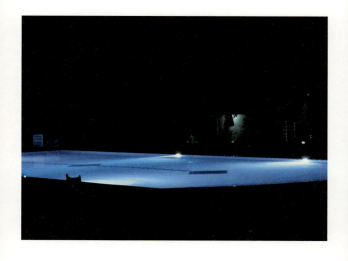

秋のはじめに

秋のはじめに
思い悩んで
小さく赤い花を見る

新しい人生

人が新しい人生に歩み出そうとする時
っていいよね

一瞬のきらめき

一瞬のきらめきだったら
たぶんどんなものも持ってるんだろう

休憩

ちょっと休憩しよう。
遠く離れて。

形

小さな光が集まって
形ができる

関係性

ある人といるときの自分が嫌い
いつもの自分じゃなくなって
なぜだか自分をおとしめてしまう

それでいい?

本当にそれでいい?
迷ってない?
いいんならいいけど。

もし　こう言ったら

もし　こう言ったら
どう答えるかな

心を横切る

心を横切る
あざやかな想い

考えてみると

いつだって同じことを繰り返してた
あの時も　あの頃も
だからまた同じことを繰り返すのだろう
でも今はそのことを自覚してるから
同じ結果にはなりっこない
同じ円でも2度目の線は
さっきのすこし上をなぞる
そうやってらせん状に上っていく

空いっぱいの黒

空いっぱいの黒い木の下
包まれるように
願いをかける

3つの道

道が3つあった
目の前のは平らな道
左のはゆるやかにあがる道
右のは下にさがる道
どの道もそれぞれにおもしろそう
どの道も先が見えない
どの道を行こうか

明日は

やさしい心で接してみよう

遥かな時間

遥か遠く
ずっと昔
この場所にいた気がする

おかえりなさい

いつでもここに
すわる場所があるよ
狭いけどいいかな

秋の一日

トボトボと歩く秋の日
この先に何があるか
今までに何があったか

トボトボと歩く秋の一日
あたたかく
確かな
一歩一歩

段階

段階がある

大きな壁のように見えるものでも
無理に飛び越えようとせず
ずっと足踏みもせず
ちょっとずつ進んでいけば
たぶん大変じゃない
たぶんいつか乗り越えられる

私がその時　思ったことは

私がその時　驚きと共に思ったことは
この人はいったい何を見てるんだろう
ということ
ちゃんと人のこと見てないね
なんにもちゃんと
聞いてないんだね

丈夫な庭

丈夫な庭のような
あの人が好き

宇宙船の窓から

宇宙船の窓から眺めると
小さな箱がいっぱい
ぎゅうぎゅうに並んでる
夜になるとその箱のひとつひとつに
生きものが帰って来て
静かに休む

おじさん

おじさんがいた
今日もどこかにおじさんがいる
髭をはやしてこっちをみてる
おじさん
いつも見守っててね

未来会議

未来のことを会議しよう
楽しいこと
うれしいこと
こうなったらいいなと思うこと
現実を忘れて
ただ無邪気に夢想しよう

ふるさと

ここで生まれて
ここから飛び立ち
ここにときどき帰ってくる

私のふるさと

心の広場

心の中にある
子どものころ遊んだ広場
今でもときどき
夢の中で遊んでるかも

やわらかい空気があふれる心の広場
ぽんぽんと地面を蹴って
クルクルと回って

額縁の風景

目の前の景色を
額縁で切り取る

思い出とはそういうこと

記憶の階段

記憶の階段
忘却の小道
希望の落ち葉
降りつもる

もうすぐ

もうすぐだ
とあの人が言う

つつまれて

あたたかい胸に
よりそうように

あいだにある空間

伝えた言葉と
伝えなかった言葉
そのあいだにある空間に人はよく漂う

その向こう

あるとしたら
その向こう

浮かぶように沈むように

浮かぶように沈むように
この海の中を
進んだの

流れの中で

流れの中で
からめとられる
君と僕
この渦を抜けだしたところで落ち合おう

星々

夕方の空
枝に咲いた星々

どこまでも

どこまでも青く
終わりが見えない

どこまでも続く
終わりは見えない

魔法の国への扉

これは
たぶん
ただの
魔法の国への扉じゃないかな

記念に

この初めて知った感情を
起こった出来事の記念にしよう

やさしさ

やさしさって
こういう桃色みたいなものかも

ちょっとした憂鬱や
ちょっとした苦しみを
耐えることが　私の今の課題

休憩

たまには
すべての力を抜いて
休憩しよう　そうしよう

人物評価

変化・個性・ユニークさを重んじる

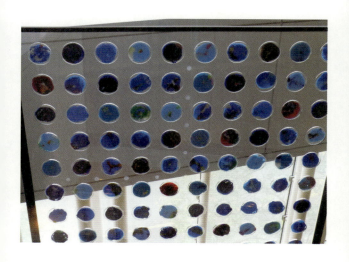

秋の足音

カサコソと　歩くたびに地面から
音がする
どこまでもついてくる

遠い日のことを　すぐ近くに思い出す
私はどこが変わったのだろう
どこが変わらないのだろう

行ってきます

行ってきます
行ってらっしゃい

迷いあぐねる

霧の中に落ちていく
そっと手を
重ねた恋が

その光明は

私たちを許してくれた

笑顔のすごさ

目を見張るような効果がある
この世は素晴らしいとふたたび思えた
無邪気な笑い声
心からの笑顔に　息をのむ

美しき悲しみ

不謹慎だと思われるだろうが
あなたのその悲しむ姿は美しい
そう思うために
僕は緊張感を保つ

四角い空と花の国

さあ　おいで
思いわずらうことはない
さあ　おいで　この胸に

うつむいた地面に

花の十字架

悲しく悲しくありがとう

さようなら
愛した人よ
悲しいけれどありがとう
いつか思い出になるまでこの日を凍らせたまま
ここに置いておこう

実は

あまり傷つかないように
できれば傷つかないように
本心に
気づかぬふりをしてました

エスケープ

たまには
ここから逃げ出して
白い世界へ行ってもいいよね
白い世界には雪がつもって
ひととき
おおいかくしてくれる

黙してうつむく

ちょっとした勇気や感動が
ここまで僕をつれてきて
まっ白いふわりとした雪に
足をうもれさせた

忘却と後悔

強く私がいられたら
嫌なことは忘れてしまい
後悔も笑い飛ばせる
強く私がいられるために
必要なものは特にない
ただそうすればいいってだけ

近づいてきつつある夕暮れ

どうしよう
大好きな夕暮れが
近づいてくる
こんな中で誰かといたら
とりかえしのつかないことを
口ばしってしまいそう

横顔が

電車の横顔がつめたく見えた
私には近くても本当は遠い人

本当には遠い人だけど
私には近い人

それでいいでしょう

変わりたい

変わる　というのは
自分の意識が変化するということだから
実は簡単に起こりえる

黙々と

黙々と我が道を行く
邪魔するものは何もない
もしあるとしたら
この逡巡だけ

ああ　青い空

この向こうには空があるのだ

なんという現実

桜というのは
春というのは
びっくりするほど
重なりあっていて白い

天からのメッセージ

ポツンポツンとだけど
私の背をおしてくれる

すこし欠けた月

まんまるよりも
すこし欠けた月が
私には安心で
怖くなかった

おぼつかない輪郭

この世界で私は
頼る人もなく生きているが
実は頼れる人ばかりの中で
生きていた

光がみえる

真ん中に
雲から射す光
それをあの時
私はきれいだと思った

この花の光りぐあい

満開の薔薇が
目に痛いほどきれいだったけど
薔薇は別にいばってもなく
薔薇はただふつうに咲いていた

迷った時はやめる

迷う時には
キモがすわってないから

失敗

今までの失敗はすべて
必要なものだったのだと思う

かがやく春の

このひとつ

光の中で

一瞬
息もできないくらいの
パッとした赤いまぶしさ
思い切ってやってみよう
この人生は一度だけ

思った以上にしみじみと

ここにきてなぜか
ありがとうという思いしかないのです
本当にどうも

そう思いながら私たちは
一緒にこの世をさまよって
景色に目を奪われていく
これからもずっと

まっすぐ前
そして遠くにあるもの

銀色夏生

平成30年2月10日　初版発行
令和2年7月25日　2版発行

発行人——石原正康
編集人——袖山満一子
発行所——株式会社幻冬舎
〒151-0051東京都渋谷区千駄ヶ谷4-9-7
電話　03(5411)6222(営業)
　　　03(5411)6211(編集)
振替00120-8-767643

印刷・製本——図書印刷株式会社
装丁者——高橋雅之

検印廃止
万一、落丁乱丁のある場合は送料小社負担で
お取替致します。小社宛にお送り下さい。
本書の一部あるいは全部を無断で複写複製することは、
法律で認められた場合を除き、著作権の侵害となります。
定価はカバーに表示してあります。

Printed in Japan © Natsuo Giniro 2018

幻冬舎文庫

ISBN978-4-344-42698-6　C0195

き-3-20

幻冬舎ホームページアドレス　https://www.gentosha.co.jp/
この本に関するご意見・ご感想をメールでお寄せいただく場合は、
comment@gentosha.co.jpまで。